KB247772

국민고향 정선, 그 품으로

시와 어우러진 정선 여행

국민고향 정선,
그 품으로

전수현 시집

벗나래

정선에 어우러진 시인의 고향 사랑

아우가 고향 정선을 노래한 시집을 세상에 내놓게 되어 참으로 기쁘고 뿌듯하다. 정선은 유구한 역사와 아름다운 풍광과 효의 정신이 살아 있는 고장으로, 예로부터 사람들의 삶과 노래가 한데 어우러져 왔다.

정선은 정선 사람들만의 고향이 아니다. 누구나 와서 머물고, 배우고, 위로받을 수 있는 '국민고향'이라 부를 만한 곳이다. 전수현 시인의 이 시집은 그런 고향 정선을 향한 애정을 담아 엮어냈다.

효의 고장 석곡리에서 비롯된 이 시집은 정선을 찾는 모든 이에게 따뜻한 품을 내준다. 효와 정과 아리랑의 고향 정선. 이 책을 펼치는 순간, 당신은 이미 그 품속에 안겨 있을 것이다.

우리 집안은 석곡리에서 5대째 대를 이어 살고 있으며, 증조부모님께서는 성균관으로부터 효행을 표창받으신 바 있다. 또한 마을 입구의 삼효각은 석곡이 '효의 마을'임을 상징적으로 보여주는 유적이다. 이러한 전통과 정신이 이 시집을 통해 널리 알려지게 되어 매우 뜻깊다.

이 시집은 단순한 문학 작품을 넘어 정선의 산과 강, 시장과 사람, 효와 정을 아우르는 귀한 기록이다.

정선향교 전교 전광표

포근한 고향 품으로의 따뜻한 초대장

이 시집은 고향 엄마의 품처럼 포근한 시집이다. 정선의 풍광과 삶을 시인은 깊은 감수성으로 길어 올려 시어로 살려냈다. 화암 8경 속에서 자란 시인은 정선의 4개 읍, 5개 면을 아우르는 고향의 숨결을 따뜻한 시어에 오롯이 담아내 독자에게 '고향의 의미'를 다시 생각하게 한다.

이 시집은 단순한 지역의 기록을 넘어 누구에게나 마음속에 품은 고향을 소환하는 따뜻한 초대장이다. 이 시집이 고향을 사랑하는 이들에게는 자부심을 주고, 정선을 처음 만나는 이들에게는 꼭 한번 방문하고 싶은 마음을 주는 초대가 되어 줄 것이다.

Joy 행복 상담원장, 《오늘부터 자아실현 꽃피우자!》 작가,
세계 효운동본부 제4대 대표총재, 유튜브 'Joy TV'
조남희 박사

정선의 내밀한 속살 엿보기

시인은 자신의 고향 정선에 대한 깊은 사랑을 이 한 권의 시집으로 묶어냈다. 이 시집에서 시인은 지역민과 여행자라는 두 시선으로 정선 곳곳을 거닐며 자신만의 시어들로 송골송골 알맹이를 만들어냈다.

그래서일까? 이 시집은 정선 곳곳의 알려지지 않은 발자취, 역사, 이야기들을 친구에게 들려주듯 풀어놓는 동시에 여행자의 눈으로 새로운 시선을 제시한다. 겉핥기로 어설프게만 알고 있던 정선을 고향처럼 친밀하게 느끼도록 해주고, 새로운 관점에서 바라볼 수 있도록 해주는 두 마리 토끼를 잡을 수 있었던 이유다.

특히 시인의 눈을 통한 새롭게 보기는 우리에게 많은 것을 선사한다. 우리의 무딘 감각에 신선한 자극을 주고, 다양한 간접 경험들을 하도록 만들며, 궁극적으로는 새로운 영감을 준다. 우리는 정선을 과거 대한민국 산업화 시대에 석탄을 캐던 곳쯤으로만 알고 있다. 하지만 이 책은 가이드를 하듯 우리가 알지 못했던 정선의 내밀한 속살들을 그대로 그려내 정선에 대한 깊은 이해와 사랑을 불러온다.

시인, 시조 시인, 북코치

오정환

나의 시초인 정선, 그 아련한 산책

정선은 나의 첫울음이 시작된 곳이다
상담사로, 또 시인으로 타지에서 사는 동안
고향은 언제나 그 자리에서 나를 기다려 주었다

1집 《석곡리 연가》,
2집 《쉼을 배우다》,
3집 《국민고향 정선, 그 품으로》로
이제 나는 고향으로 돌아온다

국민고향 정선의 4개 읍과 5개 면을
시집 한 권 들고 여행하듯
내 발길이 닿은 곳을 시어로 입혔다

고향을 그리워하는 모든 이들과
무릉도원 정선을 함께 나누고 싶다
이 시집을 보는 이들의 마음에도
따뜻한 고향 품이 머물기를 바란다.

2025년 화명동 서재에서
시인 전수현

|차례|

3부_
시로 만나는 정선의 맛, 밥상 위의 고향

4부_
고향에 부치는 편지

에필로그

1부

뿌리의 노래

국민고향 정선, 그 품속의 석곡리

고향은
언제나 내 시의 첫 줄이다
정선의 산과 들이 나를 키웠고
그 품속에서 시가 자랐다

화암면 석곡리 1021번지
200년 넘게 대를 이어 살아온 우리 집
유교 정신이 혈관 속에 흐르는
이곳이 나의 기억의 시작이다

석문을 휘돌아 나가는 어천이
구부러진 424번 지방 도로를 따라
정선아라리 가락처럼 흐르고
기암절벽과 맑은 물은 스승이었다

마을 입구 장승배기에 삼효각
효자 전재선과 두 부인의 효행이
풍경처럼 깃든 음지마을
정선읍과 화암면 중간 지점 석곡리
잠시 쉬어 가도 좋을 '효 정거장'
나의 시심 발원지이다.

효의 뿌리, 나의 시 근원

강을 거슬러 올라가면
물은 처음의 맑음을 되찾는다
사람도 그렇다
자신을 거슬러 오르다 보면
근본을 만난다

대대로 유교 전통을 이어가는 우리 집
5대째 장손이 살고 있는 조선시대 고택
증조부는 성균관 효행상을 받은 효자였고
한의사였던 조부는 마을 입구 장승배기 선산에
자손이 없던 전재선과 두 부인의 효행을 기리는
삼효각을 세우고 관리한 기록이 현판에 남아 있다

4대 독자로 외롭던 아버지는 4남 6녀를 낳았고
장손인 큰오빠는 지금 정선향교 전교이다
가문의 전통과 효 정신을 이어받은 나도
차남과 결혼했지만 홀시모를 모시고
시인 겸 심리상담사로 살고 있다

효는 말이 아니라 행이다
효는 부모가 교과서이다.

사라진 모교, 나의 기록

친구들 웃음소리도
수업을 알리는 종소리도
교문에 키 큰 그림자 나무도
거짓말처럼 사라진 대동초등학교
지금은 흔적도 없어진 운동장에
학생들 대신 옥수수가 자란다

어린 시절 그 교실에서
꾸었던 시인의 꿈은
대동, 선동, 북동초등학교를
하나로 합병한 화동초등학교
한 세기 맞이 기념 발간지
'100년의 기록(1923-2023)'

대동초 편 139페이지
대동초등학교를 빛낸 동문
시인 겸 심리상담사 전수현
모교의 흔적으로 남았다.

국민고향 정선, 그 품으로

정선의 첫 숨결은
산그늘을 타고 내려와
내 이름을 가만히 불렀다
길가의 돌 하나, 풀끝의 숨결까지
오래전 나를 아는 듯
작은 기척으로 따라왔다

아우라지 물빛은
만남과 이별이 동시에 흐르는 자리
그 굽이에서 나는
내 마음의 오래된 모서리를 본다

고향의 품은
뼈에 새겨진 방향이었다
멀리 살아도 못내 가까운
내 안의 가장 깊은 자리

장승배기 언덕에서
바람이 달다는 것을 느낀다
정선은 부모님과 같아서
내가 그 품을 그리워하고 있었음을.

2부

국민고향 정선, 국민 힐링 여행지

·4개 읍(정선읍, 신동읍, 사북읍, 고한리)
·5개 면(남면, 화암면, 임계면, 여량면, 북평면)

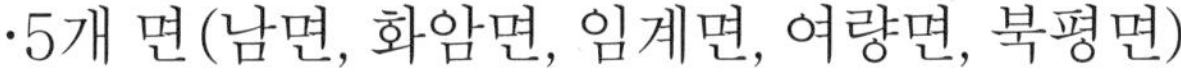

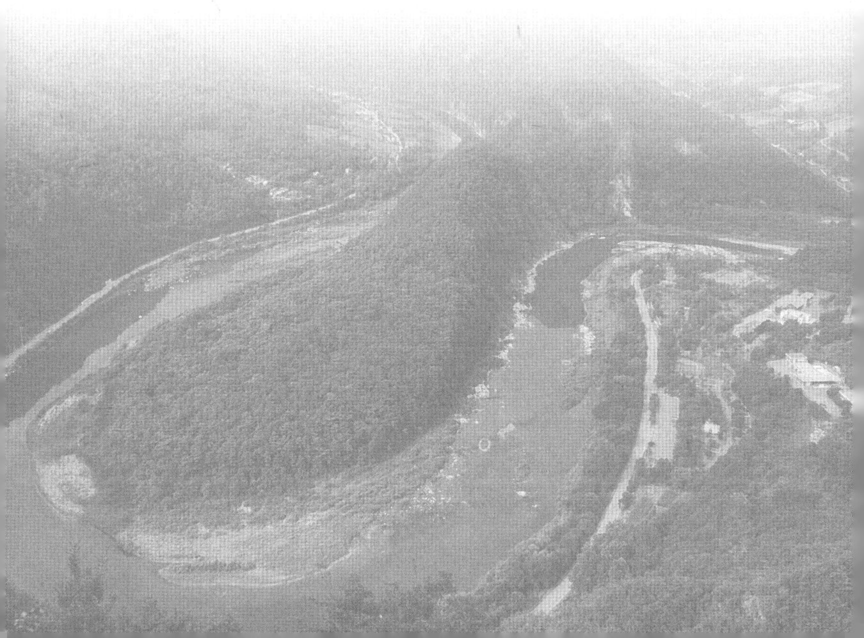

정선 5일장(정선아리랑시장)

정선 5일장은 정선의 얼굴이다
좌판마다 제철 농산물이 올라오고
정선 사투리 흥정에 주머니가 열린다

곤드레밥과 올챙이국수
수리취떡과 감자떡
정선 사람들의 살아낸 맛
코끝에 들기름 냄새를 쫓아가면
메밀전병 배추전에 곤드레 막걸리도 한잔
장마당 소리꾼들 '정선아리랑'에 흥이 핀다
정선아리랑시장 2일, 7일 장날
기억이 이끄는 힐링 장소
한번 와본 사람은 또 온다

아리랑 장터에 또 오거든
그대 이야기도 한 단, 여기 풀어 놓아라
정선아리랑 장마당에 들어서면
처음 와도 국민고향 정선 사람이 된다.

정선군 9개 읍면 초대 시

강이 노래하고 산이 품어주는 정선
4개 읍, 5개 면을 걷다 보면 마음이 어질어진다

정선읍 5일장에선
웃음소리와 아라리 선율이 흐르고
사북읍의 불빛은
하이원의 설경으로 이어진다
고한읍의 탄광 마을엔
검은 땀 위에 핀 하얀 눈꽃이 있고
신동읍의 동강 물길은
기암절벽 따라 리듬을 탄다
여량면의 레일바이크가
철길 따라 추억을 싣고 달리면
북평면의 오대천은
백석폭포와 로미지안 가든을 품는다
임계면의 백두대간엔
고랭지 사과가 가을 단풍만큼 곱고
화암면의 동굴은
시간의 심장을 품은 채 노래한다
남면의 민둥산에는
억새가 파도처럼 일어 마음까지 일렁인다.

"정선같이 놀기 좋은 곳 놀려 한 번 오세요.

검은 산 물밑이라도 해당화가 핍니다.

아리랑 아리랑 아라리요, 아리랑 고개 고개로 나를 넘겨주게."*

*정선아리랑 가사 – 긴아리랑 32p, 정선아리랑문화재단 발행(2018)

정선아리랑박물관

아리랑 아리랑 아라리요~
굽이돌아 다시 만나고
끊어질 듯 이어지며
결국은 바다로 가는 강물처럼
산 넘어 첩첩 산자락마다
휘어져 흘러 골골마다 걸린 사연
뱉은 한숨이 노래가 되고, 기도가 되고
멀리 떠난 이를 그리는 안부가 된다

유네스코 인류무형문화유산으로 등재된 아리랑
정선아라리로부터 발원한 수많은 아리랑은
한 번 부르면 가슴이 먼저 젖고
두 번 부르면 눈물이 맺히는 제2의 애국가와 같다

정선아리랑박물관을 가면 정선을 넘어 세계가 보인다.

정선의 뼝창, 시간의 조각

바람과 물이
수천 년 공들여 조각한 작품
동물 형상, 암각화, 신의 얼굴

바람이 드나든 바위틈마다
세월의 이끼와 꽃이 피고
시간이 새긴 조각을
햇살이 비밀을 캐듯 들여다본다

사계절
다른 얼굴로
단단히 자리를 지킨다

눈 앞에 펼쳐진
기암절벽의 위엄
그 앞에 서면
나도 작품이 된다

정선이 마음에 저장되는 순간이다.

와와버스 타고 정선의 품으로

정선의 길들이
이제는 그대의 발길을 기다린다
와와버스는 2025년 7월부터
정선 안 모든 노선이 무료다

와와 정선 2층 투어버스도
하늘 아래 풍경을 안겨주고
정선 시티투어는
여행객의 하루를
버스 위에서 하나의 시로 만든다

이제 차비 걱정 없이
정선의 품안을 누비며
산과 강, 전통과 맛을
두루 만날 수 있는
국민고향 정선 와와버스는
모두를 모시는 함성이다.

동강의 첫 숨, 정선의 보석 가수리

조양강과 지장천이 하나되어
동강이 시작되는 마을 가수리
수령 600년을 넘긴 느티나무가
마을을 지키며 여행자를 맞이하고
봄이면 보랏빛 동강 할미꽃이 붉은 뻥대에 핀다

대한민국 아름다운 동강로
기암절벽을 끼고 흐르는 동강
국민고향 정선의 자랑이다

가수리에서 시작되는 동강 여행은
물빛을 따라 달리다가 풍경이 말을 걸어오면
멈춰서서 놓친 말을 새겨듣다 친구가 된다

영월의 동쪽 강이라서 동강東江이 됐지만
정선의 보석 동강은 오동나무 동강桐江*이었다
와서 보라,
동강의 이야기는 언제나
보는 이의 눈높이에서부터 시작된다.

*출처 :http//www.jscc.or.kr/ 동강(東江)은 동강(洞江)이다.

상유재와 정선향교

정선읍에 가장 오래된 조선시대 기와집
제주 고씨 후손이 지금도 살고 있는 고택
집 앞을 500년 넘게 지켜 선 뽕나무 두 그루
옛과 현대가 나란히 머무는 한옥 숙박지

상유재가 쉼이라면
향교는 정신이다

상유재 근거리에
선비들의 숨결과 정신이 살아 있는
묵향 가득한 정선향교가 있다

상유재와 정선향교는
겸손과 존엄이 있는 뿌리다

정선에서는
현대와 과거가 한 공간에 있어
여행자가 시간 위를 천천히 걷게 잡는다.

병방치 한반도 지형

천 길 낭떠러지 위에서 보면
동강이 굽이치며 그려낸
푸른 한반도가 보인다

천 층 절벽 스카이워크에 서면
이 땅의 남과 북, 산과 강, 사람과 사람
모두 품안에 있다

한반도 지형이
내 발 아래 펼쳐져
우리나라를 안아보는 기분
꿈이 현실이 되는 풍경

대한민국 국민이여
병방치 아리힐스로 오라
국경을 넘는 건
발걸음 한 번이면 충분하다
그리고 이 품에
당신의 이야기를 놓고 가라.

정선아리랑의 시원, 칠현사

"눈이 올라나, 비가 올라나 억수장마가 질라나
만수산 검은 구름이 막 모여든다.
아리랑 아리랑 아라리요, 아리랑 고개 고개로 나를 넘겨주게"*

고려말 망국에 암울한 국운을 걱정하며 서운산에 숨어든 7인
선비들 심정을 담은 한시 가락이 정선아라리의 기원이다
그들이 부르기 시작한 아리랑은 강물이 흐르듯 길을 내고
조양강 물줄기를 넘어 전국에 퍼지고 세계로 알려졌다

수심 가득한 가락은 나라 잃은 비통이고
고향을 떠난 설움이고
다시 일어서려는 다짐이기도 하다
무릉도원일 줄 알았던 정선이 와서 보니 첩첩산중

"정선의 구명은 무릉도원 아니냐,
무릉도원은 어데 가고서 산만 충충하네
아리랑 아리랑 아라리요, 아리랑 고개 고개로 나를 넘겨주게."**

고려 유신 일곱 선비의 애국 충절을 기리는 칠현비
정선아리랑의 뿌리, 문화유산의 계승 보존을 위한 칠현사
조용히 그 시원을 마주하며 거닐다 보면

아리랑의 고장 정선의 단단한 힘이 느껴진다.

*정선아리랑 ‘수심 편’
**정선아리랑 ‘산수 편’

아라리촌과 아리랑센터

전통 기와와 통방아가
이야기하듯 숨쉬는 곳
굴피집, 돌집, 귀틀집 사이
양반전 길을 따라 걷다 받은
양반 증서 하나
서러운 웃음, 엉뚱한 자부심이
마당에 거나하게 스며 있는 아라리촌

아리랑센터 소리극 정선 '뗏꾼'
황장목을 타고 동강에서 한양까지
떠내려가던 그들의 찰나의 숨결
무대 위에서 가슴 치는 북소리
떼꾼들이 궁궐의 기둥을 실어 나른다

전통과 오늘이 어우러지는 아리랑박물관
정선아라리로부터 시작되어
삶의 대서사시가 세계인의 사랑을 받는
아리랑은 유네스코 인류무형문화유산
세계로 뻗어가는 울림의 시작이 정선이다.

정선아리랑제

'정선아리랑, 세계를 품다'
정선아리랑제가 50주년을 맞았다
아리랑 첫 소절이 흐를 때
애국가 같은 이끌림으로
공설운동장에는 사람의 숨결이 모인다

칠현제례 봉행으로 정선아리랑제 개막을 알리고
역사와 전통이 현재를 아우르는 축제
충과 효의 기운이 하늘에 닿는다
그 기운이 바람 타고 흘러
전국으로 초대의 불빛이 번진다

시장 한 켠, 전 구워내는 들기름 냄새
촉촉한 배추전, 속이 꽉 찬 메밀전병
그 옆에서 곤드레 막걸리 한 잔이
낯선 이를 반긴다

축하 공연이 끝나고 불꽃이 밤하늘을 수놓을 때
국민고향 정선, 자랑스러운 매력에 푹 빠져든다.

정선의 사계

I. 봄, 가리왕산의 푸른 숨결

눈 녹은 자리에 노루귀가 피어나고
진달래 붉은 숨결이 능선을 물들인다
가리왕산 케이블카에 몸을 싣고 오르면
숙암계곡과 오대천의 물빛이
봄의 심장을 두드린다

곤드레 향기 번지는 산마을 밥상 위에
정선의 봄은 그대로 살아 앉아 있다.

II. 여름, 동강의 푸른 노래

백운산 자락에서 굽이치며 흐르는 동강
칠족령 하늘 유리 다리에 서면
기암절벽이 파도처럼 밀려오고
나리소 바리소의 깊은 물결이
한여름 햇살에 눈부시다

동강 래프팅에 몸을 맡긴 사람들

물보라 속에서 동감은 감동이 되고
정선의 여름은
강물처럼 시원하게 사람을 품는다.

III. 가을, 민둥산 억새의 바다

억새의 바람이 출렁이는 민둥산
가을은 은빛 파도처럼 산을 덮는다
돌리네 지형에 깃든 맑은 눈동자 호수
하늘을 담아 더욱 깊어진다

산자락을 오르는 이들의 숨결마다
억새밭이 길을 열어주고
정선의 가을은
민둥산에서 가장 넉넉히 펼쳐진다.

IV. 겨울, 하이원의 설원

폐광의 어둠을 딛고 일어선 희망의 땅

하이원은 겨울마다 설국으로 변한다
케이블카를 타고 정상에 오르면
끝없이 이어지는 순백의 능선
설원 위로 웃음이 눈송이처럼 쏟아진다

스키의 궤적 따라가는 눈부심 속에서
과거와 현재가 함께 춤추고
구공탄 위에 삼겹살 익는 온기가
정선의 겨울을 태곳적으로 초기화한다.

신동읍의 지킴이들

새비재를 뒤덮은 초록의 함성
고랭지 채소는 은하수와 이슬이 지키고
엽기 소나무길에서 만난 참한 소나무 한 그루
12간지 동물이 시간을 품은 타임캡슐공원
해와 달과 별이 자리바꿈하며 비밀을 지킨다

안경다리 마을에 눌러앉은 함백광업소
신동면 조동리 이름도 함백으로 바꾸고
탄광이 사라진 지금도 그 자리를 지킨다
별어곡역은 가을빛 억새가 지키고
함백역도 검은 황금의 기억을 지키고 있다

삼국시대를 기억하는 고성산성은
백운산과 칠족령을 지켜보고 있고
한강으로 흘러 바다로 가는 길을 지킨다

동강 자연휴양림 야영장 전망대에서 보는
봄, 여름, 가을, 겨울 색다른 67개 면의 비경
해발 600m 고지 일몰과 일출은 신동읍의 선물이다.

동강에서 놀기

쫄깃해진 심장이 물살을 가른다
인생 닮은 잔물결 센 물결에 맞서
겸손을 배우는 동강 래프팅

당당하게 고개 들고 하늘을 보는 동강 할미꽃
숨겨놓은 보랏빛 옷깃을 찾아 운치리, 귤암리로
뼝대 틈에 뿌리 박고 겨울을 이겨낸 너를 찾는다

백운산 칠족령 트레킹 길 하늘벽 구름다리에 서서
병풍을 펼친 듯한 뼝대와 휘어 감는 물길을 보면
열두 폭의 산수화에 말을 잊게 되는 순간이 온다

운치리, 가수리, 귤암리 아름다운 동강 드라이브길
바퀴가 모퉁이를 돌 때마다 동강의 풍경이 바뀌고
멈추어 서서 한 호흡 쉬지 않으면 놓치고 마는 절경
동강이 나란히 동행하듯 흐르며 말을 걸어온다

"잘 왔어, 오늘 나랑 여기서 같이 놀자."

동강 1경-가수리 느티나무와 마을 풍경

두 강물이 어우러져 동강이 시작되는 가수리
마을의 호흡을 함께 지켜온 고목 느티나무
600년 이상 된 명패를 보면 저절로 겸손해진다

마음 맑은 어린아이 웃음이 매달린 그늘
할머니의 손길처럼 넉넉하게 안아주는 품
지나는 길손조차 발길을 멈추고 깃든다

바람이 불면 잎새마다 옛이야기 흩날리고
조양강과 지장천 합수를 축복하듯
품을 넓힌 동강, 나뭇잎이 더 반짝인다

느티나무가 내뿜는 묵직한 시간의 향기에
든든함이 생기고 물길이 아름다운 가수리에
지고 온 마음의 짐 하나 내려놓고 쉼을 갖는다

여기선 누구도 서두를 필요가 없다.

동강 2경-운치리 수동 섶다리

해마다 강이 얼기 전에 나무와 솔가지로
수동과 번들마을 사람들이 같이 놓았던 섶다리
줄배 없이 겨울 동강을 건널 유일한 길이었다

양쪽 마을에서 나무로 발을 세워 가운데서 만나
솔가지와 흙으로 다져 만든 운치리 수동 섶다리
동강 다리 중 빼어났지만 봄 되면 떠내려갔다

지금은 시멘트 다리가 생겨 추억이 되었지만
다리를 만들며 부르던 정선아라리 노랫가락과
함께 웃던 웃음소리는 동강 윤슬처럼 반짝인다

섶다리는 단지 길이 아니다, 소통과 화합으로 다져진
사람과 사람을 잇고 마을과 마을을 잇던 따뜻한 다리
강을 가르던 겨울바람조차 그리워할 귀한 기억이다

지금은 매년 11월 가탄 나루에서 마을 축제로 맥을 잇는다.

동강 3경-나리소와 바리소

강이 굽이치며 만든 두 개의 소沼
나리소는 절벽을 끼고 힘차게 휘돌며
용트림하듯 물을 차고 돌아 나가
뼝대 아래 깊은 소는 전설 속 용의 집

바리소는 그 옆에서 잔잔히 퍼져
놋주발에 넉넉히 밥을 담아주던
종부의 마음 같은 너그러움으로
강을 둥글게 받아안아 품었다 놓는다

하나는 장엄하고, 하나는 포근한
서로 닮은 듯 다른 두 얼굴의 강

동강 물결의 뒤척임은
험한 길을 지나면 다시 꽃길도 있다고
인생도 그렇다고 쉼없이 일러주고 있다.

동강 4경 - 백운산과 칠족령

백운산 자락에 걸린 흰 구름
동강은 그 아래에서 유연히 흐른다

칠족령 능선은 칼날처럼 서 있으되
그 길을 넘는 바람은 휘파람을 불며
강과 산을 하나로 모아 명화를 그린다

아득한 능선 아래서 올려다보면
인간은 얼마나 작은 존재인가

하늘벽 다리에서 내려다보면 그 마음조차
아찔한 절경 앞에선 넉넉히 받아들여진다

백운산은 거대한 품
칠족령은 강인한 기개
동강의 가슴은 이 둘로 완성된다.

동강 5경-고성산성과 주변의 전경

삼국시대 뺏고 뺏길 때 쌓은 고성산성
돌담 틈새마다 역사의 숨결이 스민다

강은 산성을 감싸며 여전히 휘돌아 흐르고
옛 장수들의 함성마저 바람에 실려 오는 듯하다

지금은 고즈넉한 풍경뿐이지만
한때는 나라를 지키려는 굳센 맹세가 새겨져 있던 자리

산성에 올라 보면
쌓아 올린 돌 성벽은 과거와 현재를 잇는 책장이 되고
우리는 그 페이지 위에서 잠시 역사의 독자가 된다

기어이 성을 함락하려는 무성한 잡초들과의 전쟁
문화재 관리 담당자들이 땀으로 산성을 지켜내고
그렇게 역사는 관리와 보존으로 맥을 이어간다.

동강 6경-바새마을 앞 뼝창

깎아지른 듯 솟아 있는 절벽
사람들은 이곳을 뼝창이라 불렀다

절벽 위로 비친 아침 햇살은
금빛 장막을 내리고
해질녘 붉은 노을은
벽화를 그리듯 바위를 물들인다

전설 속 마고 할멈의 그림자가
바위 틈새에 깃들어 있는 듯
바람만 불어도 옛이야기 들려온다

뼝창 앞에 서면 누구나 시인이 된다
절벽에 부딪혀 돌아오는 메아리가
목소리를 다시 안겨주기 때문이다.

동강 7경*-연포마을과 황토 담배 건조장

마을 초입에 용천수가 솟고
칼봉, 작은 봉, 큰 봉이 병풍처럼 둘러싸
하룻밤에 달이 세 번 뜬다는 연포마을
아름다운 마을에 높은 황토집 담배 건조장은
이곳 사람들의 삶을 지켜온 집이다

담뱃잎을 엮어 황톳빛 벽에 걸면
햇살과 바람이 천천히 향으로 스민다
지금은 멈춰 서 있지만
마른 벽 틈새마다 남은 흔적은
세월을 이어주는 삶의 기록이다

강과 마을, 그리고 삶이
하나의 풍경으로 어우러진 곳
영화 '선생 김봉두'처럼
진짜 아름다움은 화려함이 아니라
자연과 사람이 어우러지는 풍경이다

어릴 적 우리 집 담배 건조장이 새록하다.

* 참고 : 동강 12경 중 1~7경 정선군, 8~9경 평창군, 10~12경 영월군.

하이원의 초대

밤하늘 별빛을 닮은
하이원의 불빛이 켜지면
정선은 탄광의 기억을 넘어
새로운 이야기로 당신을 부른다

밤이 낮처럼 밝은 정선 카지노
낯선 긴장과 설렘
구름이 쉬어 가는 마운틴뷰
푸른 숲이 손짓하는 산책길

하이원 케이블카에 오르면
사계절 다른 빛깔 능선이 펼쳐지고
스키장은 겨울의 순백을 품어
여행자를 아이처럼 웃게 한다

리조트에서의 긴 휴식
고한 18번가의 향토음식
탄광촌의 추억이 담긴 석탄박물관
하늘을 가르는 하이원 전망대까지
당신의 여정을 가득 채운다

광부의 땀 위에 세운 희망의 도시
휴식과 즐거움이 공존하는 사북여행
화려함과 소박함의 묘한 어울림
보고 돌아서면 그리워 다시 찾는다.

고한 사북, 갱도의 아리랑

갱도는 어둠이었다
쇳소리, 곡괭이, 땀방울이
사북, 고한 탄맥 따라
삶의 빛을 캐던 손들
정선아라리 가락도
갱도 먼지가 까끌하게 묻었다

검댕이 얼굴 속
하얗게 반짝이던 눈망울
막장을 나올 때
쏟아지는 광명의 빛
해를 보면 눈물이 솟는
그 마음 누가 알까

그들이 힘들 때 불렀던
정선아리리는 한이고 밥이다
숨 막히는 갱도 끝에서
노래는 숨구멍이었다
노래는 내일이었다

오늘도 사북, 고한의 산자락에
검게 남은 울음 같은 이야기가
잊지 못한 사람들 가슴에
함몰된 저수지 물처럼 고였다.

별,바람, 꽃의 고장 고한읍

함백산 1,119m 만항재
바람이 풍차를 돌리고 있는 고갯마루
별빛은 눈 속으로 쏟아져 내린다

드넓은 숲속 무대 천상의 화원으로
벌 나비처럼 꽃을 찾아 모여드는 사람들
고한은 별, 바람, 꽃을 만나는 여행이다

함백산이 품어 안은 적멸보궁 정암사 순례길
수마노탑을 오르는 돌계단은 쉬어 가라 하고
열목어 노니는 계곡물은 맑게 살라고 한다

고한 구공탄 시장, 갱도 입구로 들어서면
석탄과 구공탄 빵과 연탄재가 피고지고
담벼락에서 광부는 삼겹살을 굽고 있다

광부는 떠났어도 그 자리에 있는 삼탄아트마인
주민들의 손길로 다시 태어난 마을 호텔 18번가
사계절 언제라도 보고 먹고 쉬기 좋은 고한읍.

검은 황금, 기억과 재생의 마을 사북읍

당연히 뜨고 지는 해를 두고
깜깜한 밤 속으로 들어간다
어둠 속에서 반짝이는 별빛을 쫓아
머리에 불을 켜고 두더지처럼 하루를 산다
식은 도시락을 들고 웃는 검댕이 얼굴
기록만 남아 묵묵히 시간을 연결하는 사진
사북사태의 무게를 고개 숙여 가만히 느낀다

도사곡 숲, 도롱이 연못이 숨 고르는 시간
소나무 사이 햇살이 풀씨처럼 바닥에 내려앉고
바람도 묵념을 하고 지나가니 물 위는 고요만 남는다
석탄 반 흙 반인 언덕에도 초록 풀과 나무가 자라고
연탄을 모르는 아이들 웃음소리가 위로와 쉼이 된다

사북 석탄유물보존관과 하이원 리조트의 공존
검은 황금의 땅 사북의 존재 자체의 힘이고 새로운 도약이다.

광부의 눈물과 사북 석탄유물보존관

사북읍, 검은 황금의 고백
굴속 어둠처럼 깊은 기억들
하염없이 깊어지는 쇠사슬 소리를 지나
이마에 작은 불빛만으로 보낸 하루하루
형부는 두 개의 해를 보며 살았다고 했다

"산지사방 일터인데 그리도 할 일이 없어 탄광에 왔나
아리랑 아리랑 아라리요, 아리랑 막장으로 들어간다.
이판저판 공사판인데 한 많고 설움 많은 탄광에 왔나
아리랑 아리랑 아라리요 아리랑 탄광은 말도 많다."*

광부 아리랑과
석탄 도시락에 담긴
땀과 눈물 섞인 검은 맛
힘든 시간의 틈을 채우며
다시 살아갈 힘을 얻던 삶의 터전

운탄고도 한 바퀴
사북사태는 점점 잊혀지고
돌과 숲 침묵의 시간이 모여
무겁던 기억조차 지금은

살아 있음의 증거가 되는
사북 석탄유물보존관의 소리 없는 외침

"나는 산업 전사 광부였다."

*광부 아리랑, https://local.nculture.org/eejyj
지역 N 문화, 산업과 경제, 사라져가는 기억, 한국의 탄광, 탄광촌의 생활문
화, 탄광 민요와 광부들의 노래, '아리랑을 광부 아리랑으로 부르다'

뿌리관, 시간의 심장을 보다

폐탄 더미에 뿌리 박고 자라는 나무

그 가지마다 푸른 잎이 거짓말 같다

틈새를 헤치고 스미는 햇살

그 빛을 따라 들어선 '뿌리관'

땅속 깊이 묻힌 검은 심장이었다

유리 속에 놓인 삽과 곡괭이

사진 속 얼굴의 해맑은 웃음

석탄이 묻어도 물들지 않았다

동원탄좌 탄광 노동자 월급봉투

닳아진 모서리에서

아버지의 손등이 보였다

새까만 도시락 밥을 무시하지 마라

지금 우리가 먹는 따뜻한 한 끼

그 뿌리의 시간이 여기 있다

남은 석탄과 함께한 삶

연탄불처럼 뜨거운 심장은

지금도 그대로 기록으로 남아

보는 이 가슴에 찐하게 옮겨붙는다

당신도 와서 들어보라

땅이 뛰는 소리,

당신 안의 뿌리도 깨어날 것이다.

민둥산 사계

민둥산은 사계절 표정이 다르다
봄은 야생화 천국
여름은 한국의 스위스
가을은 하늘가 은빛 파도
겨울은 설국

"계절과 계절 사이, 계절의 틈새로
바람이 지나간다 바람길이 난다."*

봄꽃이 좋은
녹음이 좋은
단풍이 좋은
설경이 좋은
민둥산의 좋은 계절은 오늘이다

민둥산의 눈동자 돌리네Doline 지형의 신비
산 넘어 산이 파도처럼 일렁이고
하늘 끝과 산머리를 이어 붙인 운무
언제 와도, 언제 봐도 처음인 듯 반긴다.

*정선군 홈페이지 '여행 이야기' 민둥산 편 인용.

남면 연작시

1. 와인잔 폭포=미리내 폭포

광덕리 숲속에 놓인 와인잔으로
투명한 물이 찰랑이며 떨어진다
낮에는 햇살이 붉은 와인빛을 띠고
밤에는 별빛이 미리내로 흘러내린다
여행자여, 이 술잔을 들어올려
하늘과 땅이 따르는 술을 마셔보라
갈증은 흘러가고
삶의 고단함은 향기로 변한다.

2. 속섬-강물의 품

낙동리 깊은 물줄기
속살처럼 숨어 있는 작은 섬 하나
강은 그 섬을 오래 품에 안고
천천히, 그러나 굳세게 흘러간다
봄에는 청보리, 가을에는 붉은 메밀꽃
봄 새싹보다 더 푸르게
가을 단풍보다 더 붉게

낙동교에서 잠시 발걸음을 멈추고
속섬이 주는 쉼을 선물 받으라.

3. 민둥산-억세의 바다

민둥산은 민둥하지 않다
사계절 어느 때 봐도 알차다
1,119m 정상에 서면 탁 트인 시야
수묵화처럼 겹겹이 쌓인 능선 사이사이로
마을에 집들이 그림처럼 낮게 엎드렸다
벅찬 가슴이 숨 고르는 소리와
명패 없어도 피는 야생화 눈웃음과
민둥할 틈을 주지 않는 초록들이
듬성듬성 비었던 마음을 가득 채운다
봄부터 겨울까지 억새의 변신 또 변신
민둥산은 내로라하는 남면의 얼굴이다.

남면, 나의 뿌리 여행

민둥산은 어느 계절에 가도 좋다
억새가 봄·여름·가을·겨울 다른 것처럼
해발 1,119m에 인생 그림이 펼쳐진다

무릉리와 유평리, 화암리에서
모여 오는 억새 춤바람 넘실대는 억새 파도
민둥산역도 억새를 사랑하는 사람을 기다린다

별어곡역까지 차지한 억새 전시관
사람이 떠난 자리는 다시 자연이 채운다
고삐 풀린 시간은 미래를 품지 않는다

서운재瑞雲齋, 정선 전씨 중시조 전환선의 재실
비석에 담긴 역사 앞에서 뿌리에 대한 존경의 묵념
서운산 중턱에 묘소는 자손들이 매년 제사를 지낸다

국민고향 정선의 5개 면 중에 남면
이곳에서 나의 뿌리를 찾아보는 시간 여행
담아낼 시어가 부족할 때는 차라리 침묵한다.

화암 1경-화암약수

강원고생대국가지질공원
돌을 헤치고 땅이 숨을 토해내는
붉고 투명한 기적, 화암약수

청룡, 황룡이 승천하던
꿈의 그날 땅 기운이
지금도 혀끝에 짜릿하다

마르지 않는 한결같이 솟는 물
빈 물병 같은 마음일 때 와서 마시면
마치 어머니의 손처럼 속을 쓰다듬는다

자연의 숨결 속 숨겨진 효능
화암약수만의 스페셜 레시피
잊고 살았던 고향의 기운이 채워진다

오라, 여행자여
텀블러 하나 품고 와서
당신의 허기를 채우고
100년의 기운을 담아가라.

화암 2경-거북바위와 맷돌바위

반월 모양 그림 바위마을
약수교 건너 오른쪽 산중턱
붙박이처럼 마을을 지키는 거북바위
강 건넛마을 중턱에 있는 맷돌바위는
서로 마주보며 마을을 지키는 암거북바위
자연이 그린 그림바위 화암면畵巖面의 신비

세상은 변해도
바위는 강을 지키고
어천은 마을을 감싼다
이곳에 서면
나도 느린 숨을 배운다

조급한 하루를 내려놓고 와서
거북에게 당신의 진심 하나 맡겨보라
거북바위와 맷돌바위가 함께 지켜주니까.

화암 3경-용마소

용마소를 지나는 물살이
한 바퀴 여운처럼 돌아 흐르는
화암의 세 번째 비경 용마소

아기 장수와 용마가 죽은 전설이 머물러
바위를 돌아 나가는 물길이 돌돌 말린다
발걸음마다 역사의 숨결이 돌돌 말린다

그림바위마을 용마소둔치휴양지에서
어천 물소리 들으며 하룻밤 쉬어가면
해도 달도 별들도 잘 왔다고 반겨줄 것이다

국민고향 정선 화암리 용마소 무료 야영장
절경과 맑은 물이 머물고 싶게 하는 이곳에서
그대로 당신도 그림이 되는 자연의 품에 안겨보라.

화암 4경-화암동굴

돌 속에 숨겨진 황금빛 궁전
수천 개의 종유석 기둥이
천정을 떠받치고
바위 꽃들이
영원히 지지 않는 꽃밭을 만든다

어둠 속에서도
물방울은 길을 낸다
바닥에서 울리는
작은 물소리
그건 땅의 심장 소리다

물방울이 떨어지는 소리가
천 년을 헤아린다
햇빛이 닿지 못한 어둠 속
석순은 촛불처럼 서 있고
석주는 기둥처럼 버티고 있다
천연기념물이라는 이름보다
더 장엄한 지구의 호흡

물길이 만든 조각들
소리 없는 폭포와 커튼
이곳에 서면
시간이 멈추고,
나도 천연 바위가 된다.

화암 5경-화표주

산중턱에 우뚝 선 화표주
바위 위에 두 개의 돌기둥은
산신들이 신틀 걸고 짚신 삼았던 터

봄이면 물안개
여름엔 이끼
가을엔 낙엽이 발치에 쌓이고
겨울엔 하얀 모자 눌러쓴 모습

계절은 돌고 돌아도
바위는 묵묵히 그 자리에
변하지 않는 것이
우리에게 주는 위로라면

화표주는 말이 없다
대신 풍경을 들려준다
그 앞에 서면
내 마음에도 기둥 하나 선다.

화암 6경-소금강(설암)

겨울 설암엔
바람도 말을 아낀다
산그림자 아래
얼어붙은 물줄기 하나

절벽 위로 내린 눈은
솜이불 같다
세상이 숨을 죽이는 계절
솔잎까지 눈부시게 하얗다

아름다운 금강산을 닮아서
소금강이지만
눈꽃 정원 설암은
그 이름보다 더 담담하고 주술적이다

얼음물 위, 바위 사이로
겨울 햇살 한 줌이 내려앉는다
그 빛을 따라 걸으면
잠깐, 세상도 따뜻해진다

국민고향 정선에 반하다.

화암 7경 - 몰운대

강 위에 걸터앉은 절벽
그 위로 구름이 내려와 쉰다
바람이 불면
구름이 물결처럼 흔들리고
해가 지면
노을빛이 구름을 물들인다
몰운대에 오르면
발 아래는 강
머리 위는 하늘
세상이 나를 중심으로 돌아간다

오늘 나는
내 마음의 날씨를 본다
구름은 천천히 흘러간다
그러니 나도
서둘 필요가 없다

여행자여
당신 안의 소란도 이곳에
몰래 내려놓고 가라.

화암 8경-광대곡

가을이 깊어질수록
광대곡廣大谷은 더 조용해진다
한줄기 물이
바위와 나무를 어루만지며 흐른다

폭포는 소리를 낮추고
소는 숨을 고른다
이곳에선 모든 것이
무대 뒤의 광대처럼
겸손하고 낮다

단풍은 은밀하게 물들고
물소리는 고요한 박수처럼 들린다
이 자연의 극장에서
우리는 관객이자 배우가 된다

광대곡은 울지 않는다
조용한 골짜기에 숨긴 12개 소와
원시 자연의 모습을 고이 간직한 채
화암畵巖 8경의 자리를 지키고 있다.

화암면 석곡리 장승배기 삼효각

효가 살아 숨쉬는 석곡리
마을 입구 장승배기에는
삼효각*이 있지요

효자 전재선과 부인 강릉 최씨
두 번째 부인 전주 최씨의 효행
비바람도, 눈보라도
효심을 이기지는 못하지요
시묘살이 3년을 호위한 호랑이 이야기
부모 섬긴 마음이 생시처럼 기록되어 있지요

장승배기 아래 음지마을
5대째 대를 이어 살고 있는 팔작지붕 기와집
증조부는 성균관 일문쌍효 효자상을 받았고
5대 장손은 지금 정선향교 전교지요
뒷동산에 일송정은 여전히 푸른 정기를 품고
병풍 같은 송낙봉 산자락을 돌아 나가는 어천
산은 깊어서 맑고 샘은 끊이지 않고 솟는 곳
풍경화 같은 아름다운 마을이지요

국민고향 정선에 오면,

정선군 화암면 화암 팔경 돌아보고

'효 정거장' 석곡리 장승배기

효심이 바람처럼 쉬어가는 풍경 담아가세요.

*삼효각(三孝閣) : 효자 전재선과 그의 처 효부 강릉 최씨, 전주 최씨의 효행
을 기리기 위해 건립된 정려각. 강원도 정선군 화암면 석곡리에 위치.

임계면 여행 이야기

사통팔달 시장, 장날 아침
임계 오일장은 외지인보다
동네 사람과 산과 들이 온다

백두대간 에코 트레일 따라
석병산 일월문 보고 하산하며
계곡물이 쓰는 시를 본다

백두대간 생태수목원 나무들 사이
하늘과 땅과 해와 달이 키운 야생화
내 맘대로 생긴 대로 이름 짓고 웃는다

숨 내려앉는 미락숲에서
충분한 쉼이 되는 고요
내 안에 시의 싹을 심는다

봉산리 구미정 정자에서
아홉 가지 풍경 이상의 보물을 담은
골지천 자연이 쓴 시를 읽는다

장터 따라, 숲길 따라, 물길 따라
사람도 자연이 되는 임계면
다시 오고 싶은 힐링 여행지.

구미정

임계천 맑은 물 위
암반에 올라앉은 정자 하나

하늘과 강을 잇던 곳
바람은 늘 시의 맨 끝줄을 고치고
물결은 대답처럼 흘러간다

그 아래 앉아 있으면
문외한도 금세 시인이 되고
소박한 강가 풍경이
고향 같은 정다움이 된다

구미정九美亭, 이름도 곱다
아홉 가지 아름다움을 찾다 보면
굳이 시집을 펴지 않아도
강물 위에 지은 시
절벽을 보며 읊는 시
바람이 쓰는 시를 보고 들으며
정자에 앉아 오래도록 머물고 싶다.

백두대간 생태수목원

푸른 산맥의 심장에서
나무들이 모여 작은 학교를 열었다
자작나무는 바람 수업을 하고
전나무는 침묵의 시를 가르친다
아이들은 발자국마다 배우고
부모는 사라진 미소를 되찾는다

이름 모를 꽃도
사라져 가던 종자들도
여기선 다시 살아나고
나무와 나무가 이어져
숲이라는 교실을 만든다

나도 작은 학생이 되어
백두대간이 숨겨놓은 야생화에 반하고
풀잎의 자필 일기도 읽는다
수업료 없는 수업
백두대산 생태수목원
배우는 학생이 작아서 늘 아쉽다.

아우라지 물길과 정선아리랑 애정 편

송천과 골지천 두 강이
어우러져 조양강을 이루는 아우라지
강을 사이에 두고 마주보는 처녀와 총각

밤새 내린 비에 불어난 강은
보고도 갈 수 없어 녹는 애간장
물결은 넘실넘실 아리랑 가락을 탄다

여송정 정자에서 본 나루터
물에 새긴 약속은 뗏목 타고 가버리고
손가락 맹세도 물 따라 조용히 보낸다

줄배는 어디 가고 달이 뜨는 월령교 난간에
정선아리랑 애타는 가락이 물결인 양 흐르고
출렁다리도 흐느끼는 시가 되어 흔들린다

"아우라지 뱃사공아, 배 좀 건너 주게 싸리골 올 동박이 다 떨
어진다 떨어진 동박은 낙엽에나 쌓이지, 잠시 잠깐 임 그리워서
나는 못 살겠네 아리랑 아리랑 아라리요, 아리랑 고개 고개로
나를 넘겨주게."

노추산의 숨결, 오장폭포의 노래

숲길이 하루 종일 수런댄다
비바람이 몰려오는 줄 알았다
경사 길이 209m, 수직 127m
하얀 폭포가 노래하며 뛰어내리고 있었다
오장산부터 돌 하나, 물줄기 하나 세월을 더해
노추산 웅장한 산세와 수려한 계곡을 가르며
송천으로 떨어져 내리는 전국 가장 긴 오장폭포

사람의 말보다 더 깊은 위로
자연은 침묵 속에서 가르치고
피곤한 하루를 말끔히 씻어
답답했던 마음까지 시원하게 풀어낸다

한 번 왔다 가면 알게 된다
왜 산이 스승이고 폭포가 그리움인지
국민고향 정선 여행
다시 보고 싶은 힐링 포인트는
오장폭포가 흥얼흥얼 부르는 아리랑이다.

구절리 레일바이크와 벅스랜드

여치 카페에서 강냉이 슈패너 한 잔 마시고
레일바이크를 타고 기찻길을 달린다
앞으로만 뻗어 있는 철로 위
바람이 달려오고 들판이 달려온다
강을 옆구리에 끼고 달릴 때
아름다운 정선에 반한다

터널 안 조명은 짜릿한 모험
벗어나면 하늘과 강, 산과 바람이
한꺼번에 쏟아져 설레듯 심장이 뛰고
도착지에 닿기도 전에 다시 타고 싶어진다

종착역 아우라지역에서 어름치갤러리도 보고
구절리로 돌아가는 풍경 열차를 타고
레일바이크 길을 천천히 되짚어가는 여행
어릴 때 처음 완행열차를 탔던 소녀가 된다

구절리역 또 다른 세상 벅스랜드
아이들이 좋아하는 곤충들 세상이다
무당벌레 모양 하늘 자전거를 타고
곤충들이 보이는 안경을 쓰고

신기한 곤충들 세계로 들어간다
벅스랜드에 가면, 어른도 어린이가 된다.

북평면, 자연의 초대장

가리왕산 케이블카에 오르면
하늘은 한 뼘 더 가까워지고
사계절은 캔버스에 물감을 바꾸듯
순간마다 새 얼굴을 내민다

숙암 오대천을 끼고 달리면
흐르는 계곡물에 흘린 듯 스미고
백석폭포의 흰 물살은
여행자의 마음까지 맑게 헹군다

항골계곡 숨바우길 트래킹도
'걷기 좋은 명품 숲길 50선' 선정 길
원시림과 화전민이 살던 곳도 포인트
사계절 매력이 다른 청정 계곡과 폭포
숨바우는 바위도 숨쉬고 나도 숨쉬는 곳

나전역 카페에 이색 풍경
기차 시간표와 카페 메뉴가 같이 있다
역장 없는 간이역의 대합실은
커피 향과 추억이 한자리에 어우러져
기차가 오지 않는 날에도 붐빈다

북평면 여행은 하루 해가 짧다
자연과 쉼, 사랑이 겹겹이 쌓인
정선의 자연이 보내는 초대장이다.

항골 숨바우길 초대 시

몸도 마음도 힐링 되는 숲길 찾으시나요?
계곡을 끼고 소망의 돌탑을 지나
천천히 웃으며 걸을 수 있는 항골로 오세요

백석봉과 상원산이 몸을 낮추고
길은 숲속 원시 숨결을 따라
촉촉한 이끼, 조심스런 발자국 하나하나
자연이 그 발자국을 부드럽게 품어 줍니다

너래바위 놀이터, 거북 닮은 바위
화전민들이 살던 마을 터
이어달리기하는 폭포들을 지나
맑고 시원한 계곡은 마음도 회복됩니다

걷기 좋은 숲길 한 걸음 한 걸음
돌탑의 소망처럼 기분 좋음이 쌓이고
항골 숨바우길 트래킹은
걷는 일이 곧 치유라는 것을 일깨웁니다

국민고향 정선, 항골 숨바우길
나도 숨쉬고 바우도 숨쉬는 항골로 오세요.

숙암계곡과 백석폭포

가리왕산 맑은 샘물은 친절하게도
큰길까지 나와서 길손의 목을 축여준다

돌 사이사이, 붉게 타는 철쭉은
누군가 오래 기다리던 마음처럼 홍조다

숲길을 파도 타듯 달리다 보면
하얀 비단 펼치고 뛰어내리는 백석폭포
오대천 물길을 따라 봄꽃 구경하러 간다

산허리마다 봄바람 난 꽃잎 날리고
계곡물은 아리랑 가락처럼 굽어 흐른다

이곳은 계곡이 길이고, 길이 곧 쉼터다
다시 올 수밖에 없는 정선
그 품에 나를 내려놓는다.

로미지안 가든을 아시나요?

정선의 알프스 가리왕산 화봉 550고지
숲이 주는 온전한 치유를 경험할 수 있는
10만 평 피톤치드 가득한 로미지안 가든

'천공의 아우라'가 말문을 막는다
정원의 중심에 있는 랜드마크 가시버시 성
보는 만큼 느끼는 이야기와 테마가 있는 길
여행객에게 사계절 치유와 성찰을 주는 곳
부부의 사랑으로 가득 채운 로미지안 가든

'산림청 공식 인증 치유의 숲'
'한국관광공사 지정 우수 웰니스 관광지'
'강원 유니크 베뉴 관광지'
'대한민국 대표 사랑 정원'
'멈춤과 쉼을 제공하는 치유의 숲'
찬사와 대명사가 대변하는 산상의 정원

청정지역 정선의 맑은 공기가
아내를 치유하는 것을 보고 정선인이 된
남편의 아내 사랑법이 숨겨진 정원
남평 뜰 조망 삼합수 전망대와 23개 힐링 스팟

연리지 연못과 설립자 부부 동상이
한 남자의 사랑법을 종합 정리해주는
사랑 인문학 베스트셀러 로미지안 동산
정선 여행 목록에 들어가야 할 인생 수련장이다.

가리왕산 케이블카

가리왕산 케이블카가
하늘에 닿는 길이 열렸다
숙암역에서 출발하면
하늘을 끌어당겨 낮추는 시간 20분
발 아래 숲은 계절마다 옷을 갈아입고
너울지다 숨 고르는 틈에 눈길 뺏는 야생화

봄엔 연둣빛 나뭇잎이 꽃보다 곱고
여름엔 짙푸른 숲 그늘이 쉼을 준다
가을엔 온 산에 불붙은 단풍이 번지고
겨울엔 운해와 설경이 서로를 쓰다듬는다

해발 약 1,381m 정상에 서면
겹겹이 쌓인 산맥이 파도처럼 밀려오고
햇살 부서지는 360도 전망 절경
일몰에는 황금빛으로 세상을 덮는
가리왕산 정상 데크길은 천상의 길이다

명산 명소에서의 인생 샷
가끔은 말없이 버티는 바위처럼
그 자리에서 머무르고 싶은 장소

모든 계절, 모든 시간에

가리왕산 케이블카를 타고

하늘과 나를 잇는 다리가 스스로 되어보자.

3부

시로 만나는 정선의 맛,
밥상 위의 고향

곤드레밥

얼음 녹은 산자락 곤드레 향이
밥 위에 소박하게 얹히면
고향의 봄이 그릇마다 피어난다

강된장 한 숟가락 곁들이고
산나물 무침 젓가락 춤추면
밥상은 푸짐한 봄 잔치다

빈 가지 흔들리던 겨울바람
옥수수쌀로 지은 밥도 하얀 이밥
봄까지 밥상에는 장아찌가 오르다

정선 표 곤드레밥은
허기진 몸만 채우는 게 아니다
엄마 손맛 닮은 봄을 선물로 준다.

콧등치기국수

못난이처럼 때깔도 거무스름하고
무뚝뚝하게 생긴 메밀로 빚은 칼국수
허기진 광부도, 장터 상인도
배를 불리는 힘이 한 그릇에 있다

젓가락도 피해 다니는 면발을
놓치지 않으려고 빨아들이면
냅다 콧등을 치는 친절하지 않은 국수
이름값 하는 뜨거운 메밀국수

척박한 땅에서 나는
삶의 땀방울이 녹아든 짭짜름한 맛
정선의 정직한 풍경 같은 국수다

한 그릇 다 비우고 나면
왠지 눈물 한 줄기
콧등을 타고 흐를 듯한
찐한 정선의 맛
정선아리랑 장터에 가면
줄 서서 먹는 별미 중에 하나다.

올챙이국수

올챙이처럼 통통한
옥수수 전분 알맹이가
맑은 물에 노니는
노란 올챙이
하얀 올챙이
한 숟가락 떠올리면
담백하고 시원한 고향의 맛
혀는 봤는데 이는 보지 못한 채
목으로 넘어가버리는 올챙이들

간장 양념으로 슴슴하게
한 사발 마셔도 배가 금방 꺼지는
먹거리가 부족했던 산촌 음식
진솔한 정선의 맛이다.

찰옥수수

가지런히 박힌 옥수수 알에
정선의 햇살이 단맛을 넣었다

두 손으로 잡고 하모니카 불 듯
할 줄씩 먹다보면 어느새 빈 통

시장 골목 사람들이 잘 보는 가게 앞
마른 옥수수의 변신 강냉이 튀밥 한 봉지

먹으면 먹을수록 더 먹고 싶은
찰옥수수는 제철 여름 간식으로 최고

먹어도 먹어도 배부르지 않은
옥수수 튀밥은 겨울철 간식으로 최고

찰옥수수 삶는 향기에
기분은 달큰해지고 주머니는 열린다

정선 표 찰옥수수는
고향을 손에 쥔 듯한 위안이다.

정선 감자

정선 오면 감자
쪄서 먹어도 좋고
옹심이도 맛있고
감자전도 구수하고
감자밥도 감자떡도 별미지

아이들은 감자칩
회오리 감자
감자 후라이드
감자 샐러드

허기를 채우고
마음을 달래주던
정선 흙내음 가득한
주전부리 대표 감자

강원도는 감자
못생겨도 맛은 좋아
감자의 변신은 무죄다.

수리취떡

진녹색 잎사귀 수리취가
찹쌀과 만나 알콩달콩

쫄깃한 결마다
산바람이 배어 있고
고소한 깨소금 향이 핀다

정선의 맛 수리취떡
단오에 먹는 전통 떡
수릿날이라 불렀던 단오에
재액을 물리치는 수리취로
건강 기원 의미를 담은 수리취떡

잔칫날이면 빠지지 않는
정선 사람들 마음이 담긴
깨끗한 웃음 같은 떡이다.

송어회

맑은 강에서만 사는 은빛
차가운 접시 위에서는 붉게
삶의 활력을 준다

탱글한 살결은
산골 물길 따라 자라난 정직함
입안으로 산천이 흘러든다

정선의 송어회는
자연이 건넨 축복 한 접시
여행의 마지막을 빛내는 선물이다.

메밀전병과 배추전

정선의 바람은 늘 고소하다
들기름 한 숟갈 두르고 구워내는
메밀전병과 배추전
정선아리랑 장터 입구부터
갓 부쳐낸 메밀전병이 향기로 부른다

들기름의 향은 정선의 정직한 마음
메밀의 결은 이 고장의 순박한 품성
따뜻한 불 위에서 익어가는 삶처럼
정선의 맛은 사람의 마음을 데운다

고향의 맛은 그렇게
전과 막걸리 사이에서
사람의 마음으로 다시 부쳐진다
메밀 향과 어우러진 들기름 향
한 입 베어 물면
강원 산바람이 혀끝에 머문다
한 모금의 곤드레 막걸리가
산 내음처럼 은근히 퍼지면
그리움까지 노릇하게 익어
사람 사는 냄새로

시간이 천천히 익는 맛을 알게 된다

산이 그리운 날,
강이 보고픈 날,
들기름 향이 먼저 떠오른다면
그대 마음엔 이미 정선의 모둠전이 있다.

정선풍경 모범음식점

엄마 손맛을 빼닮은 큰언니
정선 맛을 잘 내는 '정선풍경'
10남매 중 맏언니가 운영하는
모범음식점 안심식당이다

지금은 아들이 손맛을 물려받아
정선 맛을 차려내는 '정선풍경'
정선군 홍보대장 젊은 사장님의
알짜배기 여행 정보는 덤이다

정선에서 나오는 사계절 재료로
정선이 맛을 차려내는 정선이 밥상
정선을 찾는 여행자들 길 안내자
정선의 맛과 인심을 나누는 '정선풍경'

여기는 단순한 식당이 아닌
정선의 맛과 풍경이 살아 숨쉬는 곳
정선 여행 왔다면
'정선풍경'도 넣어야 할 여행지 중 하나.

4부

고향에 부치는 편지

사라진 거미대

화암면 석곡리 장승배기
기암절벽 위 선비들이 머물던 정자
눈 아래 강 빛의 아득히 깊고 맑은
그곳에 거미대* 정자가 있었다

크고 아름다운 정자를 바라보던 마을은
수정 닮은 어천 뻥대 위에 정자가 있어
마을 이름을 거미대라 지었다

지금은 바람도 무심히 지나치는 터
이곳에 다시 정자가 복원된다면
정선과 화암면 중간 지점
장승배기는 힐링 정거장이 될 것이다

내게 누가 소원을 묻는다면
잊힌 이름 거미대, 삼충사, 다시 불러오기
소중히 간직해야 할 시간의 자리 되돌리기
석곡리의 충효 정신을 복원하여 후세에 알리기.

*거미대(巨美台): 마을 앞으로 수정같이 맑은 냇물이 흐르고 그 옆 병풍 같
 은 기암절벽 위에 거미대라는 정자가 있었다고 해서 붙여진 이름이다.

사라진 삼충사

정선군 화암면 돌목길 29-4(석곡리 1173-13)
고려 충신 3인을 모셨던 삼충사* 터에
돌무더기 단만 남아 바람이 묻는다

"나라 지킨 세 분은 어디 계시오?"
그곳에 있던 무엇도 입이 없다

"그들은 언제부터 여기 없었소?"
기억하는 이 모두 떠나고 대답이 없다

충과 효는 먼 과거의 신념이 아니라
지금 여기서 서로를 지키는 마음이다

그들의 이름 석 자를 다시 불러본다
고려 개국공신 전이갑, 전의갑, 전락 삼충공
주인 없는 말이 허공에 흩어진다

"오늘 우리는 무엇에 충성하는가?"
혼이 나간 빈터는 정신도 없다

국민고향 정선, 석곡리 장승배기에

충, 효 정거장을 만들어 정신을 되살리자.

*삼충사(三忠祠): 1933년 화암면 석곡2리에 고려 개국공신 전이갑, 전의갑,
 전락 삼충공을 기리기 위해 지었던 제당.

장승배기, 충효의 바람이 서다

산 허리춤에 찬 오랜 이름 장승배기
그 아래 보물처럼 숨겨 온 음지마을
삼효각 4개 기둥이 지키는 정신을
잘 아는 바람이 종일 쓸고 닦는다

장승배기에 마음으로 세워보는 4개 장승
충(忠) 하나, 나라·마을·공동체를 향한 마음
효(孝) 하나, 사람다움의 시작, 부모에 대한 마음
예(禮) 하나, 서로를 존중하며 살아가는 마음
안(安) 하나, 마을과 손의 평안과 무사 귀환 기도

소금강로 424번길 장승배기 정류소
잠시 쉬어가도 좋은 정자 하나
이름을 '삼효정'이라 부르니
삼효각이 먼저 알아듣는다

길 위에서 누군가 멈춰 서면
산은 조용히 등을 내준다
머물렀던 마음이 몸보다 먼저
따뜻해지는 자리
장승배기 '충효예안 정류장'

새로운 길을 내는 것이 아니라
잊혀지는 마음을 가만히 일으켜 세운다.

고향에 부치는 편지

나의 고향, 정선군 화암면 석곡리 장승배기에는
마을의 안녕을 빌어주던 장승과
효자 전재선과 두 부인의 효행을 전하는 삼효각과
나라를 위해 목숨 바친 세 분 충신을 모셨던 삼충사
그리고 절벽 위에서 시인과 선비가 머물렀던 거미대가 있었다
지금은 잊혀져 가거나 사라졌거나 흔적만 남았지만
내 마음속에서 여전히 자랑스러운 고향으로 살아 숨쉰다

나는 꿈꾼다
장승배기에 4개의 장승이 이정표로 서 있고
삼효각 옆에는 삼충사 정신을 기리는 삼충각이 복원되고
거미대가 아름다움을 되찾는 날
그날, 석곡리는 충과 효가 살아 있는 정류장
정선의 새로운 가족여행 명소로 거듭날 것이다
아이들은 장승 앞에서 소원을 빌고
부모는 효 이야기로 세대 간 연결을 할 것이며
연인들은 거미대 풍경 속에서 사랑을 키울 것이다
이것이 내가 시집에 먼저 새기는 염원이며
충, 효, 예, 지, 인의 정신이 살아나기를 바라는 꿈이다
고향이여
다시 사람을 불러 모으는 마을이 되기를

역사와 풍경이 노래가 되고
그 노래가 아리랑처럼 멀리 퍼져나가기를

국민고향, 정선
그 지도 위에 석곡리라는 작은 점이
충과 효가 살아 있는 테마 정거장이 되는 날을
그곳에서 태어난 시인이 시로 먼저 세워본다.

시인, 고향의 품으로 돌아오다

고향집은 늘 글 읽는 소리와 인술의 손길이 오갔고, 효의 가르침이 집안의 기둥이었다. 이곳은 나의 뿌리요, 나의 자부심이다. 장승배기 정류장 삼효각은 지금도 내게 효를 가르치고 되새기게 하는 살아 있는 교실이다.

시를 쓰며 나는 물었다. '무엇을 쓰고 싶은가?' 그 답은 결국 고향으로 돌아왔다. 정선의 산과 물, 사람과 역사가 내 시의 뿌리가 되었고, 그 품속에서 나는 시인으로서의 정체성을 찾았다. 나는 정선의 시인이며, 정선을 세상에 알리는 목소리다.

세 번째 시집 《국민고향 정선, 그 품으로》는 고향을 알리고 싶은 마음을 담았다. 정선군의 4개 읍, 5개면 발길이 머문 장소마다 시가 길이 되고 길이 곧 여행의 길잡이가 되면 좋겠다.

이 시집으로 단순히 풍경만을 전하고 싶지는 않았다. 고향 석곡리의 장승배기에는 충과 효, 선비정신이 함께 깃들어 있다. 지금은 사라진 삼충사와 거미대, 장승배기 정류장을 지키는 장승 등 나는 시집 속에서 이들을 다시 세우고 싶은 소망을 실었다. 충효가 살아 있는 석곡리 장승배기 정거장은 정선과 화암의 중간 지점으로, 머잖아 정선의 새로운 여행 명소가 되리라 믿는다.

 나는 이 시집을 통해 단순한 여행지를 넘어, 사람을 품고 정신을 세우는 '국민고향'으로서의 정선을 전하고 싶다. 정선아리랑이 한의 가락으로 흘러 사람들의 마음을 적시듯, 나의 시 또한 읽기 편하고 알기 쉽게 정선의 가치를 전하는 작은 아라리가 되길 바란다.

 또한 《국민고향 정선, 그 품으로》도 한 권의 시집을 넘어, 정선의 문화와 자연, 그리고 충효 정신을 담은 정선의 얼굴이 되기를 바란다. 시인의 자부심과 고향의 숨결을 담아 쓴 이 시집이 정선을 찾는 이들에게는 따뜻한 길잡이가 되고, 정선군에는 새로운 관광 자원과 문화 자산으로 남기를 소망한다.

 이 시집은 시인이 여행한 정선군의 일부 여행지만 담아 아쉽지만, 독자들이 시집을 들고 '국민고향 정선'에 와서 더 많은 명소를 발견하고 채워가리라 믿는다.

정선군
관광안내지도

평창군
북평면

위치도
양양
춘천
강릉
동해
서울
안빈
원주
울릉도
정선군
독도
수원
세종
안동
동해
서산
대전
영덕
전주
남원
대구
포항
사빼
광주
울산
목포
순천
청원
부산
가제
남해
제주
고속국도

단임계곡
숙암계곡
항골계곡
상원산
(1,421.7m)
자개골
벅스
정선레일바이크
아우라지
아우라지관리센터
아우라지역
여량면행정복지센터
정선선
파크로쉬 리조트앤웰니스
백석폭포
가리왕산 케이블카
가리왕산
(1,561.8m)
중왕산
(1,381.4m)
가리왕산
졸드루야영장
나전역
365행복마을
나전시외버스터미널
북평면행정복지센터
굴지천
아라리 인형의 집
토속음식 맛전수관
로미지안가든
솔돌마을
정선군농업기술센터
남산
(959m)
가리왕산자연휴양림
가리왕산야영장
회동계곡
가리왕산얼음굴
레포츠단지
회동솔향캠핑장
청옥산
(1,257m)
상정바위
(1,007.3m)
비봉산
(829m)
정선5일장
정선아리랑시장
정선읍
정선역
정선약초시장
정선양배옥장
정선군종합관광안내소
정선경찰서
정선군청
아리랑센터/아리랑박물관
정선시외버스터미널
상유재
정선읍행정복지센터
아라리촌
동강광하안내소
정선507미술관
목재문화체험장
스카이워크
짚와이어
덕우
동강생태체험학습장야영장
(펫 동반 캠핑장)
기우산
(873.7m)
정선선
동강할미꽃마을
만지산
(716.2m)
초왕랑
지장천
선평역
개미들마을
백이산
(972.5m)
남면
백운산
(883.5m)
벅암산
(925m)
나리소전망대
동강전망자연휴양림캠핑장
고성산성
동강탐방안내소
신동읍
태백선
함백선
애클리안정선C.C
아리랑브루어리
태백선
함백선
함백역
신동읍행정복지센터
예미역
안경다리탄광마을
예미MTB마을호스텔
예미산
(989.9m)
타임캡슐공원
(1,173
영월군

범례
관광안내소   산   경찰서   관공서   휴양림
호텔   동굴   사찰   약수터   계곡
체험마을   공원   유적지   버스터미널   폭포
캠핑장   전망대   박물관, 전시관   기차역   59 국도
시장, 쇼핑   골프장   리조트, 콘도   스키장   424 지방도

• 발행처 : 정선군청 관광과   Tel. 1544-9053
• 발행일 : 2025년 10월
• 기획 · 디자인 : (주)지오마케팅   theBeetlemap   Tel. (02)3443-9745

theBeetlemap
www.beetlemap.co.kr

운탄고도1330, 강원을 걷다.

구름이 양탄자처럼 펼쳐진 고원의 길
영월, 정선, 태백, 삼척 폐광지역의 점을 하나의 선으로 잇다.

1구간 정선 예미역 → 화절령(꽃꺼끼재) / **28.76**km **9**시간**26**분 소요
석탄을 실어 나르던, 말 그대로 '운탄'의 역사를 고스란히 간직하고 있지만,
천혜의 트레킹 코스라 해도 될 만큼 걷기에 좋은 길이다.

2구간 정선 화절령 → 함백산 소공원(만항재) / **15.70**km **5**시간**15**분 소요
화절령에서 만항재 소공원까지 이어진 높고 아득한 산길. 산중턱
도롱이연못에 얽힌 이야기는 모든 이의 마음을 찐하게 만든다.

3구간 함백산 소공원 → 순직산업전사위령탑 / **16.79**km **5**시간**34**분 소요
함백산의 사계를 감상할 수 있는 길. 수줍은 듯 피어나는 봄꽃, 시원한
한여름, 단풍의 터널과 순백의 설경이 파노라마처럼 펼쳐진다.

국민고향 정선, 그 품으로

초판1쇄 인쇄 | 2025년 12월 10일
초판1쇄 발행 | 2025년 12월 15일

지은이 | 전수현
펴낸이 | 김진성
펴낸곳 | 벗나래

편집 | 허강
디자인 | 장재승
관리 | 정보해

출판등록 | 2012년 4월 23일 제2016-000007호
주소 | 경기 수원시 장안구 송죽동 449-20번지 302호
전화 | 02-323-4421
팩스 | 02-323-7753
이메일 | kjs9653@hotmail.com

ⓒ전수현

값 13,000
ISBN 978-89-97763-71-9(03810)